KB134549

그대 잠든 창밖에 바람이 되어

그대 잠든 창밖에 바람이 되어

고현숙 시집

문학 **춘하추동**

도시의 자유로움에 흠뻑 젖어 살던 시절도 분명 있었다. 그 자유로움을 뒤로하고 20년 전 하동 북천이라는 산골마을로 찾아 들어온 이유가 무엇이었을까…

적막을 친구 삼아 수많은 나날 그리움으로 시를 짓고 그리움으로 눈시울 적시며 방황하 듯 살아온 나는 보이지 않는 그리움이라는 허상을 쫓아 그 많은 시간들을 주체할 수 없는 마음의 기록으로 남기면서 살았는지도 모른다.

인연의 못다 함이 가슴속 깊이 자리하고 대숲 바라보는 시선 속으로 늘 슬픔을 잉태하고 주저리주저리 늘어놓은 그 아픈 기억의 편린들을 이제는 겁 없이 꺼내어서 세상에 내어놓으려 한다.

그리고 보면 이 책 속의 바람은 진정 누구였을까.
처음으로 접한 산골의 500여 평 넓은 땅 위에 삼 칸집 두 채를 놓고 홀로 바람을 벗 삼아 지내면서 쓴 글들이 지금 와서 다시 보니 그 바람은 나였던 것 같기도 하다.

강산이 몇 번 변하였던가…

그토록 애틋했던 그리움도 하나 둘 희석이 되어가는 즈음, 추억이라는 이름으로 승화시켜 발표하지 못한 이야기들을 조금은 편하게 살며시 펼쳐 보고 있다.

20년 전의 그 세월을 그 순간은 진솔했겠지만, 지금 와서 펼쳐보니 무척이나 어색한 시어와 언어들의 나열이 눈에 보인다. 그래도 그 시절 내마음의 민낯을 그대로 드러내고 싶었다. 하나의 퇴고도 없이…

그 순간 만큼은 진실로 절실했을 것이기에…

혹자는 나의 글은 슬프기만 하다고 했다.

글은 마음이다. 하여 아마도 내 안에 있는 슬픔이 그대로 묻어나온 탓이 아닐까 싶다.

떠난 그리움은 이제 어느 쪽에서든 편안했으면 좋겠다. 인생 고희(古稀)에 해가 저무는 지금 마음이 하고자 하는 바를 좇아도 도에 어그러지지 않는다는 종심(從心)을 따라보려 한다.

마음 편히 그저 한 아낙의 넋두리쯤으로 너그럽게 보아 주셨으면 한다.

2024년 1월 어느날
횡천에서 서향

| 차례 |

흩날리는 낙엽속에

나도 묻혀

살고

싶다

제 1 부

바람이 되어

그대 잠든 창밖에
작은 빛으로 찾아가서
긴 밤을 지킵니다

새벽이 오면
다녀간 흔적 보시고
기뻐하소서

그대 꿈처럼 생시처럼
뒤척이는 모습 있어

"사랑합니다"

조용히
귓가에
속삭여 드린 것을
기억하소서.

겨울밤

창호지 고운 살에
스쳐가는 바람소리

동지섣달 긴긴밤을
손 끝에 혼을 싣고

마음을 끌어내어
창 밖에 밀어내니

고요도 흔들리는 듯
곁에 와서 머무는데

멈춘 듯
소리 없이 흐르는 시간

갈 곳 잃은 마음을 앞세우고
고독의 강을 찾아간다.

외로움

마당을 가로지르는 소리
무심코 지나치는 바람을 붙잡고
파르르 떠는 몸
댓잎에 남긴 마음 한 자락
기대어 온기를 기다린다
싸아한 아픔 조각들
명치를 찌른다.

뚝
뚝
뚝

눈물인가
빗물인가
가녀린 댓잎 하나가
유난히 파릇하다.

하늘 끝에 핀 꽃

그리워 하도 그리워
밤새 빨개진 눈망울로 새벽하늘을 바라보네.

어두운 하늘
희미해진 별들만 반겨줄 뿐
그대 모습 둘러봐도 찾을 길이 없어라.

시선 끝은 멀어라
손 끝이면 어떠할꼬…
보고픔에 아린 가슴 임이여 알겠는가.

잊은 듯 예쁜 추억 눈앞에서 춤을 추고
버린 듯 다정의 속삭임이 귓가에서 맴을 돈다.

반백 인생 한 순간을 어이마다 하였을까…
알콩달콩 사랑 노래 함께 불러 보았으면.

두 손 머리 쓰다듬는 그 손길을 잊지 못해
긴 세월 벼랑 끝에 임을 향해 서 있다오.

하늘 끝에 피어 있어 바라보고 바라봐도
어이해서 꽃잎 살짝 내품으로 오지 않소…

언제 이 몸 임 곁에서 함께 핀 꽃 되어 볼까.

국화향기 옛 향기

국화꽃 흐드러진 산골 집 마당에서
따사로운 햇살 아래 마음을 내어 놓네

진 자줏빛 꽃 향기가 얼굴을 간지른다
슬픔으로 바라보는 그윽한 시선이여

시선 속에 함께 한 애달픈 그리움을
손 끝에 느낌으로 너를 어루만져 본다.

진홍빛 단풍잎은 부끄러워 몸을 떨고
바람 속에 힘없이 나락으로 숨어든다.

내 삶의 한 모퉁이 분홍꽃도 피었던가…
숨어드는 낙엽 따라 낙화하는 아픔이여

그리움 아픔 속에 꼭꼭 묻어 간직하고
마당에 핀 국화꽃이 몇 번이나 지고 피면

그 아픔이 기쁨 되어 두 손 잡고 거닐며
옛 향기 그립다고 어리광 피워 볼까….

침묵

버리고 떠남에 가벼움이 있을까만
후회 없이 가려함은 지친 마음 탓일까요?
함께 웃고 공유하며 사랑 나눠 가지고픈
작은 마음 묵묵히 보아 주신 배려 앞에
감사 인사 하나 없이 떠나 버린 마음만은
아프디 아픔으로 허허로운 마음이네
 욕심 없이 바라보는 티 없는 마음일랑
그대로 받아서 보아주면 좋으련만
시기심은 상처되어 침묵하게 만들었네
바람결에 들려오는 님 소식에 미소지어
예쁜 마음 보내오니 부디 용서하옵소서
윤회하는 인생살이 돌고 돌아 언제일까
다시 환히 미소 지어 그리움에 보고 지고….

참사랑

웃으며 바라보는 눈길 속에
뜨거운 활화산이 타고 있다
내 안의 너로 남아 있기를

못다 한 세월 속에 남은 이야기는
말하지 않아도 알 수 있는
내 안의 너로 남아 있기를

잘못된 마음으로
서로 마음 상한 순간이 있었다 해도
무언의 이해로 바라보며
내 안의 너로 남아 있기를.

세월 지나 먼 훗날
아름다운 모습으로
진정 사랑 했음을 다짐하는
내 안의 너로 남아 있기를.

영원을 가르는 이별의 순간에도
울음 속에 참 사랑의 미소를 남길 수 있는
내 안의 너로 남아 있기를….

그래서 아름답게 사랑했노라
내 안의 너에게
나도 너 안에 함께 했노라
말해 주고 싶다.

참마음

지나간 세월을 기억하기보다
다가오는 시간을 맞이 하고 싶다.
삶의 무게가 비록 무겁다 해도
마음만은 가볍게 가 보고 싶다.

미워하는 마음보다 사랑하는 마음이 커서
눈물짓는 내가 되고 싶다.
이쁘디 이쁜 모습과 여린 마음을 함께 하며
바라 보아도 알 수 있는 사랑을 나누고 싶다.

삶이 때론 뒤엉켜 아픔을 준다 해도
해맑은 마음으로 이겨 내는
참된 삶 속에 내가 서 있기를 바라고 싶다.

지나간 가을의 낙엽보다
다가오는 가을의 오색 아름다움을 생각하고 싶다.

많이 사랑하므로.
항상 영원으로 함께 가는
우리라는 마음속에 나는 살고프다.

무심(無心)

허허로운 마음 앞에 부는 바람아
까아만 밤하늘 별은 반짝이는데
가신님 어이해 소식 없는지….

머무는 그곳이 그리도 좋다더냐
외로이 별이 되어 홀로 울고 있는지
바람결에 소식 주면 달려 가 볼터인데…

반백도 많다는 듯 일찍 떠난 무심(無心)앞에
울음 삼켜 너를 보낸 아린 마음 어이 할까
보고파라 그리워라 그때가 언제였나…

세월 지나 오랜 시간 잊은 듯하였건만
가슴 가득 밀려오는 보고픔이 웬일일까.
계절 따라 바람 따라 너의 향기 묻었을까…

한 많고 서글퍼도 이승이 좋다더니
접고 접어 떠난 마음 다시 볼 수 없음에
깊은 밤 그리움에 가슴 아려 울고 있네.

영혼의 자유

세월을 기다리며 시름 놓아 한탄 말고
멀리 바라보는 시선 끝에 나를 두어
무아의 시간 속으로 잠겨듦이 어떠할까…

바람소리 지나가고
내 시름 묻어가는 그 끝은 어디일까
가슴 아려 흔들흔들 두발 디딜 자리 없네

아픈 가슴 부여안고 뜨거움의 눈물 삼켜
두 눈 감고 가고 싶은 그곳은 어디일까…

방황은 끝이 보이지 않고
찾아든 욕심으로 아귀다툼만 일어나네
그 속에 함께 있는 내 모습은 어떠할까…

버리고 또 버리고 자유로운 영혼 되어
천지가 좁다 해도 내 맘이야 같을까 만

세상 인연 맘에 두고 홀로 가고 울고 지고…
나를 의지 삼아 바라보는 눈동자를
뿌리치지 못하는 걸 어이 한단 말이더냐

산사의 목탁소리가 어찌 이리 정겨울꼬
내 한 몸 부처님께 의지 삼고 싶음이네

흩날리는 낙엽 속에 나도 묻혀 날고 싶다.

시야가 흐려지는
좋은 추억

이

어

라

제 2 부

세월
– 쌍계사 계곡에서

맑은 물 돌틈사이 흐르다 고이고
옥돌 빚어 예쁜 세월 묻어온 계곡 속에
흘러가는 물 따라 빛난 세월 숨 쉬네

수정 같은 맑음 속에
내 삶의 숨결 함께 묻고
돌틈사이 파란 이끼는 내 세월이 묻어난다

흐르고 흐르다 멈춰 선 곳 어디멜까
나도 함께 너를 따라 흘러 흘러 가고파라

푸르른 청솔은 드높음을 자랑하네
햇살 숨어 살며시 반겨 웃는 오후 한때
흐르는 물살 따라 시름 젖어 바라본다

청맑은 계곡의 흐르는 물소리에
세속의 묵은 얘기 물결 따라 보내고

오늘의 마음이 내일 또한 그대로면
살며시 미소 짓고 옥돌에 얼굴 비춰
살아온 시간을 읽어보면 어떠할까.

애심

스산한 바람 어깨너머로
세월이 숨었다

너로 하여 내가 함께 하거늘
지난 시간에 머물까

무심코 스치는 바람
세월은 슬픈 내 모습만 남겼으니

햇살 그늘로 숨어든 작은 어깨에
가냘픈 출렁임은 어떤 탄식일까

멀리 시선 멈춘 곳에 희미한 그림자 하나
미련으로 그렇게 숨어 있는지

바람 불어 떨어지는 나뭇잎새 하나가
너를 대신하려는가

조용히 숨어든 세월 속에
오늘도 내일도 나는 너를 향한다

그리움 가득
이슬 눈망울과 함께.

결실의 기쁨

새 순 바라보며 사랑을 그렸더니
어느새 황금 들녘 사랑도 깊었네라

가을 노래 물결키며 결실 거둔 농부님네
주름진 얼굴에 그윽한 평화이네

바라보는 마음 또한 풍요로움 가득하여
미소 속에 오늘도 즐거움만 넘치네

귓가엔 고운 새소리 함께 하여 기쁨이고
시선 끝에 머문 풍요 함께 하여 기쁨이라

땀 흘린 농부님네 부디 축복 가득하여
항상 풍요 누리시고 행복 가득하옵소서.

그리움

그리움으로 얼룩진 마음을
무심으로 지켜본다.

보고픔에 아린 마음
눈시울 적심에
바라보려 하는가

시선 끝자락에 머문
그리움의 꽃밭에서
사랑꽃을 피울 수 있다면

하늘 끝에 가득한 향기
마음 빈 하늘꽃밭을
더욱 사랑함일 텐데.

하얀 포말 속에
함께 묻은 그리움
다시 찾는 이 마음을

아~
너는 아는가
사랑아! 사랑아!!

만남
- 방생법회

마른대지를
촉촉이 적시는 비는 내리고
이제 푸르름과 오색의 꽃들이 춤을 추리라
겨우내 얼었던 마음도 함께 적시어
우리의 마음에도 꽃향기가 가득하리니.

낯선 만남이었으나
인연이란 이름으로 함께한
충주의 방생법회에서
스님의 바람 같은 춤사위로
부처님의 자비도 함께 하였네.

드넓은 세상으로
생명의 자유로움을 잉태시킨
법우님들의 공덕도
청푸른 물결 위로 널리 널리 퍼졌으리…

헤어짐의 아쉬움 위로
차분한 안식을 주었던
대금의 음률과 기타 소리에
감칠 듯 하나가 된 소리, 목소리들…
모두가 아쉬움일레라.

만남의 인연을 뒤로하고
떠나온 길이지만
우리의 마음속에
부처님의 자비를 심고
내 안의 나를 다시 찾았음에
오늘의 이 길이 영원하리라.

마음 1

벼랑 끝에 서서
내일을 본다
그냥
안개처럼 희뿌연 그림자뿐…
그러기에 더욱더 가슴이 뛰는가?

비운 마음자락 끝에서
비집고 드러내는
한 움큼의 욕망은
쏟아지는 빗줄기에 던져버리고
커이 커이
울음소리는 빗소리에 묻는다

시선 멀리
희뿌연 물안개는
나의 눈에 서린 눈물 탓인가.

미워할 수 없는 인연 앞에서
침묵으로 보낸 세월
다시 벼랑 끝에 서서
내일을 본다.

마음 2

볼 수 없기에 아쉽고
내어 놓을 수 없기에
늘 아파하고 있다

잡을 수 없는 세월이라
무수한 생각들로 하여
잠을 설친다.

생채기도 없는데 딱지가 앉고
작은 웃음으로
덮어버린다.

스스로 느끼고
치유라는 다독임도
한평생 지겹기만 하다.

체념뒤에 오는 것
스스로 행함 뿐이다.

얻고 담는 것은
마음인데
답은 늘 같기만 하다.

여름바람

하늘이 타는 듯
몸도 마음도 타고 있다

뜨거운 열기에 불에라도 데인 듯
작은 그늘로만 숨어들고
게으른 몸둥이는 늘어지고 있다
함께 대지도 뜨겁게 타고만 있다

바람도 숨죽여 웅크리고 있어
생명은 허덕이며
부지런히 숨만 쉬는데.

이 작은 바람은 뉘가 보내는 걸까…
타는 몸과 마음에
큰 시원함으로 기를 돋운다
고마운 마음에 살짝 미소를 짓고

문득
삶의 한 모퉁이에서
바람으로 맞이하는 기쁨을
듬뿍 온가슴으로 느끼고 싶다

한여름 뜨거운 열기 속에서도
작은 모습으로 바람 되어 나를 식히듯
나도 작은 바람이 되어
누군지도 모를 너에게 기쁨으로 남고 싶다.

너는
- 사랑하는 동생에게

어린 날 너를 사랑하듯
나이 먹은 지금도
넌 내게 그 모습이였음에…

생활 속의 책임감으로
자리매김하고
살아가는 너의 모습은
어른일진대
보이지 않는 마음은
어린 날 설움에 함께했던
너와 나로 남았다

세속을 버리고
청 푸른 자연을 원하고
종일 말한마디 하지 않아도
그 침묵을 사랑하며
오늘도 난 그렇게 숨 쉰다

잔잔함으로
흐르는 음률 앞에 눈물짓고
바람에 스치는 댓잎소리에 눈물지으며
작은 흔들림에도
여린 너와 내 가슴은 슬피 울고 있다

때로는
만남이란 작은 기쁨에 마음 설레어
밥 한 그릇 따스하게 먹이고 싶어
하찮은 나물 한 접시에도
기쁨을 듬뿍 넣었다

다시 혼자 남는 적막에도
나는 마음을 설레었다

먼 훗날
세월 지나 육신이 까부라지면
이런 마음까지도 묻혀버릴까….
살아가는 생활 속에서
나는 오늘도 너를 생각한다.

무거운 내 삶의 무게 속에서
주마등처럼 지나가는 우리들의 이야기
숨겼던 아픔들을
오늘도 나는 다독여 잠재운다.
그래서 그 무게가
조금은 가벼워졌을까

눈물 한 방울
오로지 그뿐 인 것을.

코스모스
- 북천 코스모스 마을에서~

청푸른 초원 위에 바람같이 흔들리네
어느새 계절 속에 방긋 웃는 너를 보며
화답하는 내 마음에 가을이 성큼 오네

꽃나비 찾아들어 가냘픈 몸은 휘청대고
가을을 머금은 고추잠자리 노닌다
함께 넘실대는 코스모스 사랑이여…

하늘은 높아라 비상하는 새 한 마리
외로이 날아서 가을맞이 하려는가…
창공을 넘나들며 너를 보려 함이오.

꽃분홍 저고리에 하얀 치마 걸쳐 입고
하늘하늘 손짓하는 너를 어이 잊으리오
날개 접어 너의 품에 살포시 잦아든다

세상 시름 고이 접어 시선 멀리 바라보니
여기저기 너울너울 사랑노래 풍요롭다
되돌아가지 않고 예서 오늘 머무리라.

꿋꿋한 삶의 노래

부르고

싶다

제 3 부

삶의 노래

눈 비비고 일어난 자리가 편안 해지고
창 너머 따가운 햇살은 눈이 부시다

매미들의 합창은 티 없이 잦아들고
주인 없는 듯 마당엔 풀들만 무성하네

빨간 고추가 멍석 위에서 마르고
대추나무 열매도 붉게 물 들었다

넝쿨 속에 숨겨진 누렁 호박은
촌 아낙 허리통만큼 굵어지고

일찍 배를 채운 백구도
그늘 찾아 엎디어 코를 곤다

내 삶의 한 자락 그림이 되고
그 속에서 나는 삶의 노래를 부를지니.

하늘쉼터 1

하늘을 보라!
구름도 쉬어 감에
미소 머금어 바라보니

바람 슬쩍 댓잎 떨고
꽃향기 머물러
벌 나비 모여든다

물소리 맑음에
새들도 모여들어
아름다운 하늘쉼터.

나 여기 머물러
영원토록 함께하리.

하늘쉼터 2

파아란 숲이 좋아서
새소리 물소리가 더욱 좋아서
그리움 저편에 묻어두고
마음을 노래하며 살고자 하네

하늘 아래 꽃피는 곳
나의 쉼터에서
나약함을 꾸짖고 자연에 동화되어
뿌리 깊은 들풀처럼
꿋꿋한 삶의 노래 부르고 싶다.

산골의 밤

뜨거운 열기를 쏟아버린 햇님도
지친 마음을 쉬려 함인지
강함 보다는 부드러움으로
계절을 안으려 한다

여름의 끝 자락에서
매미는 악을 쓰며 울더니
사위가 어두워진 지금은
지친 몸을 쉼 하고
간간히 귀뚜라미가
밤의 적막을 깨고 있다

산골의 칠흑 같은 밤
잠은 저 멀리 달아나 버리고
작은 책상의 불빛만 동무삼아
주저리주저리 마음만 읽어본다

잠 없는 쥔장을 닮았나
백구도 마당을 서성이고
방문을 사이에 두고
밤을 지키는 서글픔에
조용히 방문 열어 마당으로 내려선다

목이 타는 푸르름을 외면하고
오라는 비는 오지 않고
얼굴을 간지럽히는
이슬 같은 실비만 내리고 있다

깜깜한 산골의 밤은
이렇게 깊어 가고 있다.

흔적

짙푸름을 자랑하더니
어느새 땅 위에 뒹구는 잎새 하나가
가을임을 가르쳐 준다

병들어 구멍 나고
색 바래 부서진 낙엽의 모습 속에
우리네 삶의 흔적을 본다

웃고 울며 살아온 나날들이
그 속에 묻어있고
힘겨워 놓아 버린
생의 마지막이 거기 있다
좀 더 강하지 못하였음을.

스산한 바람은 이리 툭, 저리 툭,
스치며 놀리고 있다

부는 바람 속의 먼지 같은 존재로
머물다 감을 후회하지만
다음 생을 기약할 수 없음에
모퉁이 한 구석에서
파르르 몸을 떤다.

삶의 한 모퉁이
지나온 발자취가
오늘따라 유난히 가을을 닮았다.

인연

만남은 이별을 전제로 한다지만
만날 때 기쁜 마음은
세월 따라 어디로 가고
꼬이듯 엉클어진 마음만 남았을까

실타래 풀어가듯 마음도 이어 가지
한 올 엉킨 매듭을
풀지 못하고
끊어버린 냉정함은
무심한 마음속에 나를 던져버렸다

세월 따라 거꾸로 다시 돌아보았건만
돌아본 그 세월에 슬픔만 많았구나
나를 찾은 시간보다
나를 잊은 시간이 애처로움으로 남는다

마음은 하나라 마주 보고 웃었지만
지금은 두 마음이 같이 서럽다 울고 있네

어느 것이 옳은가.
어느 것이 틀린가.
답 없는 메아리에 마음 담아 울고 있다

오늘의 이 눈물이 내일의 웃음일까.
타는 가슴 웅켜잡고
바람에 미련 실어 훨훨 날려 보낸다.

아버지

1미터 82센티의 키와
잘생긴 외모와
삶이 풍요로웠던 탓에
추종女를 항상 만들어가며
어머니를 많이도 울리며 사셨던 아버지.

어느 날
병원의 하얀 시트위에 누워서
수술을 기다리며 우리를 맞이하셨다.
틀니가 빠진 쪼그랑 얼굴에서
세월의 흔적을 느끼고
빨갱이 김일성이란 별명도 무색하게
폭군노릇을 하셨던 내 아버지.
그 아버지가 암이란 선고 앞에서
힘없이 무너지셨다.

자식들 앞에서
아비의 목소리를 법으로 알라시며
권위와 아집으로만 사셨던 그 모습 간데없이
눈물로 자식을 맞이하시며
삶이란 끈을 움켜 잡으려 무한히 노력하시던 아버지

그리고 그 끈을 끝내 움켜 잡으셨던
내 아버지가 다시 병상에 누우셨다.

이제는 삶의 기회가 없을 것 같다고
포기하시면서도
하얀 가운의 의사만 오시면
조금만 더 살아야 한다고
그럴 수 있겠느냐고 되물으시는 아버지

오늘도 병원의 하얀 침상에서
마음을 졸이며
보이지 않는 삶의 끈을 쥐고 계신다.

아버지!
내 아버지!
오래도록 자식들 앞에 계셔야지요…
이제는 권위보다는 따스함으로
가족들과 다정한 추억이라도 만들어야지요

저희들 곁을 떠나신 후라도
다정한 아버지의 사랑을 매일 느끼고 싶답니다
삶의 그 끈 절대 놓지 마세요~

돌아서서 눈물 닦는 내 가슴이
이렇게 뭉개지듯 아프답니다.

추석

넓디넓은 들판 위로 넘실대는 코스모스
함께 피어 눈부신 하얀 메밀꽃
손님맞이 분주함에 바쁜 손길을
위로라도 하듯이 물결치듯 춤추네

누렁둥이 호박이 텃밭에 누워있고
높은 감나무엔 주황색으로 익어가는 결실
조랑조랑 열려있는 대추나무에도
이제 불그레 물감이 든다

한가위 추석날 찾아드는 발길 위해
여름 지나 가을이라 익어가는 풍성함
한해의 수확으로 자손들 배부름에
촌 아낙 바쁜 걸음 장터로 내달은다

도회에서 찌든 마음 씻어감도 좋을 듯
손님맞이 이장님의 손길도 바쁘고
꽃천지 마을이라 이름도 거창하네
마을 어귀 걸려있는 현수막의 인사말

"고향을 찾아주셔서 너무 감사합니다"

밤

산골의
초 저녁 잠으로 깨고

가을은
밤으로 깊어만 간다

적막한
어둠을 울리는

귀뚜리
소리만 처량하고

상념의
골 깊은 흔들림에

마음만
아침을 향해 달음질친다.

어두워진 섬진강가에

마음을 두고

오네

제 4 부

섬진강

잔잔하다
늘 변함없는 그대로이다
그러나 강은 흘러가는 것이지
마음도 흘러가고
되돌아올 수 없음을
너는 아는가

강물에 버린 마음
미련은 꼬리를 달고 따라온다
끊어내지 못한 아쉬움
언젠가는 말없이 사라질
못난 나의 사랑 이야기

하늘 보는 마음으로
구름만 보다가
가슴속만 하얗게 수증기가 되어
없어질 것은
나의 사랑 이야기.

섬진강 찻 집에서

산마루 그립다는
찻집에 앉아서
섬진강
노을 굽어 보며
가을을 느낀다

강바람에 나뭇잎은
은빛으로 몸을 떨고
두 손 잡은 연인들은
모래밭에 앉았네

바람 따라 눈길 주니
넓기도 하여라

낙엽 지며 한산한 길
나도 저 길 걸었던가
웃음 지어 마주 보며
사랑한다 하였던가

해 지는 노을 속에
내 마음 묻어 보낸다

너뱅이 들녘은
황금벌판으로 변하고
지나가는 완행열차 꼬리에도
가을을 싣고 간다

따뜻한 커피 한잔에
가슴을 적시며
어두워진
섬진강가에
마음을 두고 오네.

시월 연가

시월의 끝자락에서 옷깃을 여미고
낙엽진 길을 걸어 본다

스치는 바람은 댓잎 부딪치는 소리로
살랑살랑 춤을 추고

까치밥 홍시 하나가 떨어질 듯 말 듯
시월에 몸을 맡겼네

우수수 떨어진 나뭇잎들은
검 붉은 모습으로 햇볕에 타 버렸다

낙엽 밟는 소리가 이러했을까
사그락 사그락 가슴을 간지럽히고

언제였던가…
기억의 저 편에 희석된 그림 한 장이
낙엽 위에 그려지고 있다

오색으로 물든 단풍은
가을의 끝자락에서
나풀나풀 시월을 노래하고 있다.

가을 그 끝에서

뜰 앞에 널려 있는 꼬들 감 조각들
햇살을 머금고 몸을 태우며
쥐어짜듯 단 물로 몸을 감싼다

한껏 자랑하던 자태를 숨기고
꽃들의 향연도 끝이 나는가 보다
장독대 옆 한 모퉁이
진 자줏빛 국화가 흐드러 졌네

이름 모를 새들은 찌찌찌찌 노래하고
처마 끝에 앉아서
한낮의 여유로움으로 몸을 흔든다

따사로운 햇볕에 눈이 시린 듯
백구는 콧등을 부비고 제재기를 한다
조용한 시골의 한낮에
평화로움을 즐기는 그림이구나

대나무 푸른 잎들의 흔들리는 춤사위
마루 끝에 앉아서 보고 있노라니
삶의 의미를 가슴에 담으며
자연과 호흡하는 나도 자연이라.

진정 나는 누구이니까?

새벽 기온이 차갑다
턱밑까지 지퍼를 올리고
손에는 목장갑을 낀다.

뜨락에 내려서서
무릎 아래까지 오는
긴 장화를 신는다

성큼성큼
집 뒷산을 향해 걷는다
갖가지 색으로 꽃을 피웠던 들 꽃은
시들어 보잘것없는 모습이 되고
황량함으로 변하고 있는
산길이 눈앞에 가득 찬다

새벽 동이 트는가 보다
안개가 구름같이 둥둥 떠 있다

아! 자연의 신비함
그냥 그곳에 몸을 날려 안기고 싶다
아무 말 없이
나를 안아 줄 것만 같은 포근함

풀밭 위에 좌정하고 명상에 잠긴다
무념무상(無念無想)
생각도 형체도 없는 나로 가고 싶은데
고통과 거부로
나를 괴롭히는 나를 벗어나고 싶은데
정녕 이 답답한 마음에서
나는 벗어 날 수 있음인가…

감은 두 눈에서 눈물이 흐른다
내 안에 자리한
또 다른 나를 향해 울고 있음인가

삶이 무엇이며 미움이 무엇인가
작은 마음으로 큰 욕심을 찾으니
이 어찌 고통이 아닐쏜가

버리자
내 안의 욕심과 미움과 모든 원망을
이 자리에서 버리고 일어나자

얼마나 시간이 지났을까.

일어선 눈 앞에 펼쳐지는 빛 사이로
산과 산이 둘러서서 이루어낸 작은 마을
굴뚝 연기가 하얗게 피어오른다

평화로운 저곳에도
세상사 사연을 쏟아 내고 있겠지

나는 누구인가
화두를 주신 스님

진정 나는 누구이니까?
진정 나는 누구이니까?

해후

어제가 오늘인 듯
지나온 시간들이
어느새
주름 진 모습만 남았을까.

봄, 여름 지나가고
가을, 겨울 지나감이
서너 번은 됨직한데
마음은 그 자리
변한 것은 육신이네….

세월 따라 움츠려 든
생각조차 버려 놓고
꿈이라 하기에는
지난 시간이 야속쿠나

묻어 둔 그 세월
찾을 수는 없지마는
골 패인 얼굴 보며
적셔지는 눈시울에
허무한 인생길을
함께 바라보고 있다.

바람이 머문 곳

깊은 밤
방 문을 흔들기에
누굴까 바라보니
문풍지 위를 또르르 구르는
바람소리였더라

초 겨울 문턱을 넘어서려
바람은 드세지고
울타리 밖 댓잎들은 몸부림을 친다

어미를 잃었나…
고라니 울음소리 대 밭을 흔들더니
바람이 몰고 온 싸늘함에
조용히 숨을 죽였다

싸스락 싸스락
바람이 디디는 발자국 소리가
방안에 웅크린 추심(秋心)에 고독을 던져주고

제 멋대로 휘 젖고 다니는
고추바람 앞에서
깊어가는 밤과 함께
나도 바람이 되었다.

애심(愛心)

새벽의 찬 바람 몸을 움츠리고
마음은 저기쯤 내어 놓았는데
시선은 벌써 동구밖에 서성인다

기약도 없건마는 기다림 간직하고
타는 듯 애(愛)를 녹이는 무심한 세월은
서성이는 눈동자에 이슬만 맺힌다

보듬어 잡은 손에 사랑이 가득했나
쓰다듬는 그 손길이 따뜻도 하였었나
꿈속인 듯 눈을 감아 너를 그리워한다

따뜻한 바람 되어 스쳐라도 가련마는
초 겨울 찬 서리로 마음만 스산하니
무정타 원망으로 맺힌 이슬 방울되네

세월 따라 무딘 마음 무심타 않을 테니
간혹 바람 타고 살짜기 들렀다가
잠든 머리맡에 앉았다가 가려무나
꿈결인 듯하더라도 미소 짓고 반기리라.

기도

간 밤의 바람은 드세게 불더니
쉼 하려는 듯이 고요해지고

고운 빛 밝음으로 아침을 열었으니
새들과 함께 하루를 시작한다

들녘엔 황량함만 남았다 해도
결실을 안겨준 뒤 쉬고 있음이라

세찬 바람 속 떨어진 낙엽들과
쓸쓸한 대지(大地)의 거름으로 거듭나서

봄을 향한 기대를 만들어 주고
불꽃같은 희망을 마음에 심게 하네

쉬는 바람아!
더욱 잔잔함으로
얼어붙은 마음들을 녹이게 해 다오

삶의 희망으로
힘찬 걸음 내디뎌 볼 테니.

바람과 나

대 밭 한숨소리
바람 속에 묻히고
거센 몸부림은
황량함만 남았네

넋을 놓고 앉았더니
하늘에서 하얀 눈이
삐딱 빼딱
아가씨 엉덩이처럼
요리조리 날린다

너풀너풀 날려라
다른 세상을 만들어라
티 묻지 않은
맑음 속에
하얀 너로 하여 쉬어나 보자

까마귀 울어대니
마음은 어지럽고
휘이휘이~
쫓아버려도
다시 와서 울어 댄다

흩날리는 눈가루도
잠시 잠깐 스쳐가고
바람과 동무하는
차가운 계절

을씨년스러운 산골 풍경에
한숨소리 짙어 간다.

세월의 바다에서
자존을
지키기 위해

.

.

.

제 5 부

해는 떠 오르고
- 새해를 열며…

암울했던 검은 구름
지나갔는가?
또 다른 어둠은 이제
저기서 머물고
밝은 아침해가 솟아오르니
뜨거운 아침 햇살에
어둠은 녹아내리리라

잠시 잠깐
구름에 가려져 있다 해도
강한 열기를 숨길 수 없듯이
온 세상 뜨거운 사랑으로
바라보아라

사그러 들지 않는
밝음과 맑음으로
우리 곁에 영원히 머무려므나
그리하면
나 또한 삶의 작은 모퉁이에서
영원히 너를
바라보며 살아 가리라.

내 안의 눈물

내 안의 눈물로 흐느낍니다
주저앉음으로
바라보는 작은 시선에
조용히 눈을 감아
나를 버립니다

굽이 굽이 몰아 치는
드센 바람 같은
폭풍의 고통에서
앙상함으로 남아있는
작은 나무로 살렵니다

덕지덕지 군살 붙어
무거운 육신 주체 못 해
뒤로 쳐진 몸뚱이가
부귀영화 아닌 것을…

내가 모르니 너가 알까
바라보았음에
내 안의 웃음으로
웃어 버리고 맙니다.

붉은 눈시울
풀어진 입가에서
고집스러런 투정
고난길 그려 봅니다

부디부디 삶의 아픔
지금까지만 주옵소서.

차 한잔의 평화

한 방울 두 방울
어우러진 향기와
표현조차 어려운 색의 조화로
작은 찻잔 속의 마음을 마신다

마음에 녹아내린 따스함은
머리를 맑게 하고
맑음은 생각의 평화를 심는다

손 끝으로 다듬어 온
오랜 세월을
한 잎 한 잎 따서
작은 찻잔에 우려낸
차 한잔에

뜨거운 열기로
몸은 달아오르고
가슴에 담은 찌꺼기를 배설한다

삶에 겨웠던 아픔까지도
함께 내려놓은 후련함에
고요한 마음을 담아
한잔 또 한잔
마시고 또 마신다.

바람

하루 종일 바람이 울었다
찢어진 창호지 사이로 스며드는
바람이 싫어서
코 끝까지 뒤집어쓴 이불자락
게으른 하루를 지내게 한다

텅 빈 마음은
생각조차 없는 듯하고
더욱 세차게 울어대는
바람이 미워서
육신은 꿈쩍도 하지 않는다

마루 끝을 쓸어가는 바람소리에
인기척인가 깜짝 놀라
밖을 내어다 보고
그 속에 홀로 있는 나를 본다
우는 바람에 속은 마음
밉기만 하다

문득
묻어둔 그리움
들킨 듯 하여.

나는

출렁이는 바다에 몸을 맡긴 채
고깃배는 한 없이 흔들리고 있었다

욕심도 노함도
그 무엇도 표현하지 않으며
그냥 바다가 하는 대로
그렇게 몸을 맡기고 있었다

야멸차게 흔들리면서도
갈아 앉지 않게
자신을 소중이 지키고 있었다

넓디 넓어서 울부짖던
저 바다의 무서움도
작은 고깃배의 자존을 건드리지 못했다

끝없는 출렁임 속에서 보고 느끼며
세월의 바다에서
자존을 지키기 위해

나도 저 고깃배가 될 것이다….

새벽

새벽닭이 울더라
헤메는 마음은 돌아오지 않고
한 조각 육신은 무겁게 내려앉아
움직일 줄 모르고

아무리 둘러봐도 나를 봐주는 이 없는
새벽 아침이더라
술렁이는 이웃들의 부산함이
더욱 나를 움츠려 들게 하는
지은 죄 없이 부끄러운 새벽 아침이더라

사랑을 갈구하고 사랑을 나누고자
부지런한 펜 놀림도
허상으로 머물고 있었고
눈물샘을 막아서
막을 수 있는 서글픔이라고
모진 마음도 다 필요 없는 오기로
나를 더 슬프게 하고 있더라

시간은 흐르고
따신 밥 한 그릇 그리워
무거운 육신을 일으켜 밥솥에 밥을 앉힌다.

창밖 바람소리가 나를 반겨 주더라

어느 님 생가를 보고
- 노태우 대통령생가 방문(2009)

길디 긴 외 길을 돌아
주인 없는 낯선 집에 시선을 멈추었네

쌓아 올린 울타리는 돌담으로 보기 좋고
돌계단 황토 움막 탄성을 자아내고
세월을 끌어안은 고가를 보노라니
옛 조상 삶을 보는 듯 가슴도 벅차구나

좁은 마당 들어서니 벅찬 마음 순간이고
돌 보는 이 없는 집은 황폐함 그대로네
한 뼘 엉덩이 걸터앉을세라
세월의 먼지로 객을 거부하고
바람에 덜컹이는 문짝의 흔들림은
한 세상 호령했던 그림자였던가

어찌타 이리도 외면당한 삶이었나
누구의 생가라고 목간판은 걸렸건만
바람에 덜컹이며 이리저리 흔들리네
호탕했던 지난 세월 보기에도 딱하여라

너와 나 한 세월
살다가는 모습 똑 같을터
물질의 풍요보다 마음을 얻었다면
스산한 바람 속 쓰러질 모습 면할 텐데

쓴 미소 뒤로하고 돌아오는 발걸음아
인생사 허무함에 권불십년 보았구나.

그대 심천이여!
- 심천 화실에서

세월지나 돌아보니
아픔도 있더이다.
걸음걸음 녹아내린
눈물방울 밟으며
오늘을 지키는 그대 심천이여!

가다가 멈춰 선 곳
시선 들어 바라보니
마음을 앗아간다
그리움 젖은 듯이 외로움도 함께하

작은 손 큰 붓으로
금수강산 쓸어 담고
면면히 바라보는
그윽한 눈동자는
어이해 그리도 슬픔을 담았는가?

오늘 그대 보았음에
가슴에 묻어서
엔젠가 다시 올 때 함박웃음 웃어보자

세월 지난 아픔일랑

마음 깊은 강으로

흘러 흘러 보내고

사계가 돌아가듯 돌고 돌며 살아가길…

봄을 기다리며

졸졸졸 물 흐르는 소리에
어딜까 나가보니
산 개울 물이
길 따라 연못으로 흐르고
따뜻함으로 녹아내리는 예쁜 소리였네

황량한 뼈만 남은 나뭇가지는
아직 그대로인데
물길 따라 봄이 오고 있을까.
한참을 바라보며 맑음 속에서 봄을 그려보네

저만치 머무는 봄은
무슨 색으로 와 있을까.
겨우내 웅크렸던 기지개를 켜며
돌 틈사이 노랗게 피어날 들풀을 그려본다

이제
돌보지 않았던 무심을 용서하며
푸르름과 오색 아름다움으로
산골 아낙의 가슴을 설레게 하겠지

사랑과 그리움으로
함께 자연과 호흡하며
푸른 계절 속에서
마음껏 춤을 추어 보리라.

너는 무심(無心) 이더라

애틋한 마음 있어 너를 사랑하고
울고 웃는 긴 세월을 함께 하자 약속하여
살다 보니 어찌 미운 날 없었으리

미움도 사랑이라 마음속에 접어두어
반평생 지나온 오늘을 보았구나

숱한 아픔 안겨주던 너를
사랑이라 눈을 감고
마음 한 켠 다독여서 인생 반백 넘어섰네

황폐해진 마음 아파
눈물 속에 사는 시름
아는지 모르는지 냉정한 눈길이여

세상이 잠들었나 캄캄한 산골의 밤
방문 열고 마루 끝에 멍하니 서 있으니
하늘엔 별도 있고
스치는 바람도 있었구나

별빛에 비친 뜨락
왜 이리도 넓은 건가
살며시 마당으로 발걸음 내 디딘다.

사위가 잠든 밤에 서성이는 여심이여
댓잎을 스치던 바람
내 곁에서 맴을 도네.

세월에 묻은
정 하나
드센 비 속에서
울고
있다

제 6 부

사랑방

아낙네들
둘러앉은 작은 놀이터
장작 군불 지펴서
뜨거운 아랫목

감자랑 고구마 삶아
호호 불며 먹는데
허리도 아프고
다리도 아프고…

휴식 없는 농사일에
몸은 병들고
한겨울 추위에
쉬고 있는 대지(大地)

함께 쉬는 휴식처
농촌의 사랑방

고운 마음
- 월례회를 마치고 대구 백년찻집에서

오시는 님 등불 밝혀 반가이 맞이하고
그윽한 명상 음악 마음을 휴식하네

먼 길 가는 여인네들 걱정스런 마음 안고
잠깐의 팔공 향기에 젖어들게 하는 배려
고맙고 고마워라 어찌 잊을 수가 있으리.

고운 찻잔 마주하고 속삭이는 연인들은
얼굴에는 사랑 가득 마음은 행복할 터

우리도 그 속에서 차 향을 마주하니
문우의 깊은 정이 찻 잔속에 우려 나네

대추차 오미자차 혀 끝에서 감미롭고
웃으며 나눈 대화 손 끝에서 피어나네

떠날 길 멀고 먼데 시간이 아쉬워서
깊어가는 밤을 안고 마냥 행복에 겨웠구나

돌계단 밟으면서 사위를 둘러보니
분명 밤이건만 밝힌 등불 낮이로세

팔공의 멋진 야경 그림으로 마음에 담아
아쉬운 정을 두고 먼 길을 달렸도다.

꽃샘 눈 내리는 날

봄 새색시 발자국
품에 안고 가시려나
소복소복 하얀 눈이
하루 종일 내린다

솜털 같은 하얀 가루
사뿐히 내리건만
나뭇가지 무거워서
늘어져 누웠네

뽀드득~
디딘 발자국
뒤 돌아보니 없어지고
끝없이 휘 날리며
눈이 내린다

가로등 불빛
눈과 함께 반짝이며
비추이는 하얀 밤이
내 맘이면 좋으련만….

꽃샘바람 함께 노니는
매서운 품이라도 좋으니
봄 새색시 오기 전에
내 발자국 먼저
안아 보고 가려무나.

소중한 인연

미지의 그대를 향한
그리움 가득 안고
찬 바람 웅크림에
가슴으로만 묻었다가
향기로운 봄소식 따라
그대를 찾아가네

글은 마음이라
마음으로 표출하고
늦은 인연 애달프니
그래도 다행인걸

쏘옥 고개 내민
봄소식 끌어안고
그대에게 가는 마음
미소 지어 행복하네

세상의 인연으로
함께 맺은 사랑일 터

지는 해 저기쯤
오래도록 머물게 하고
우리도
함께 머물러 봄이 어떠할까.

봄맞이

들녘에 파란 풀들이 자리 잡았다

겨우내 마당 한 구석 숨은 듯 웅크리더니
무서운 삭풍에도 견디어 이제 봄을 맞았다.

따스한 햇살에 얼굴은 붉어지고
사알짝 부는 바람은 봄을 나른다.

가지마다 파아란 싹이 움트니
녹은 땅 틈틈이 꽃 피울 나무를 심었다.

물 주고 밟아주니 뿌리 튼튼 내려서
어여쁜 자태로 나를 기쁘게 하리라.

하늘 쉼터 작은 연못에
산 비둘기 날아와 노래하고
졸졸거리는 물소리에 머리가 맑아진다.

마음속 그리움을 저만치 내려놓고
세속의 뒤엉킴도 저만치 버려두고

텅 빈 마음 되어 시선 멀리 바라보며
빈 마음속에 이쁜 마음을 가득 채워 보리라

미소로 바라보는 이곳이 행복이네
댓잎 스치는 소리는 노래삼아 즐겁다.

함께 가는 길
- 제천 문우들을 만나서

차창 밖 풍경은
아직도 겨울인 듯
앙상한 가지마다
봄을 기다리고
마음은 벌써
그리운 님께로 간다

얼싸안은 가슴에
떨리는 심장소리
마주 잡은 손에 손은
뜨겁기만 하였다

미소 띤 얼굴에
눈길은 뜨겁고
곤드레 귀한 밥에
님의 마음 담았다

제천의 모든 풍광
마음에 꼭꼭 담고
님의 사랑 함께 담아
행복에 겨웠네라

글 향 가득 사랑 가득
손 끝으로 풀어내어
함께 걷는 인생길에
벗님으로 남아서
영원한 삶의 길로
걸어감도 좋으리.

겨울

저기쯤 봄각시 머무는 듯하는데
떠나기 아쉬워 찬 바람 휘청대고
앙상했던 나무에도 새 싹은 움트는가

차창 밖 스치는 풍경은
겨울인 듯 황량하고
간간히 쏘옥 내민 봄소식만 있더라

가는 듯 소리 없이
떠나도 되련마는
어찌하여 요란하게 몸살을 앓는 건지

힘들게
너를 안고 지냈던 시간들을
이제 고이 보내노니 갔다가 다시 오렴

미련 두고 떠나는 길
아쉽다 하지 말고
쉬었다가 다시 올 그때는
기쁘게 너를 반겨 맞이해 줄께.

별을 헤면서
- 제천 라이브카페 쥔장 음류시인과

많은 시간 속에 담은 음률은
쉰 듯 목소리가 가라앉았고

소탈하게 묶은 머리꽁지는
걷는 걸음걸음 리듬을 타네

취한 객 달래는 웃음 뒤에는
삶의 고뇌 묻어서 숨긴 듯하고

한풀이 별을 보며 부르는 노래
애달픈 사랑을 찾아 헤매네

언덕 위에 하얀 집 꿈의 궁전에
하늘 끝 사랑노래 부르는 나날

밤하늘 별들이 지켜 주는 듯
반짝이는 빛의 조화 아름답구나

가슴에 묻은 그리움 조각
하나씩 떨어져서 별이 되리라.

비와 바람

드센 바람 앞 세워 내리는 비는
겨우내 목마름이 억울했던가
거센 휘몰이에 요란하기만 하고

깊은 밤 겨우 잠을 청 했다가
스치는 인기척에 화들짝 놀라서
움츠린 채 숨 죽여 귀 기울였더니
심술궂은 바람이 놀리고 지나가네

꼬막불 켜 놓고 상념에 젖어드니
창호 문 하나 사이 들려오는 빗소리
후드득 후드득 크게만 들릴까…

한을 풀 듯 몰아 치는 비바람 속을
마음은 거침없이 헤매고 있는데
세월에 묻은 정 하나가
드센 비 속에서 울고 있다.

기다린 듯 밤바람이 살천스럽다*.

*살천스럽다: 쌀쌀하고 매섭다

관광버스 안에서
- 북천 직전마을 관광

아침 찬 공기를 가르는 안내 방송은
여정의 관광버스를 실감 나게 하네

차창 밖 벚꽃들은 배시시 웃는데
심통 난 바람은 춘심을 뒤흔든다

고막이 찢어질 듯 요란한 뽕짝 노래에
버스가 느릴까… 뛰고 굴리는 흥타령.

두 팔은 머리 위로 다리는 엇 박자에
허리통은 꼬았다가 풀었다가…

백제의 의자왕 삼천궁녀가
하나 둘 떨어진 낙화암이라 해도

악을 쓰며 부르는 노래가 좋고
박자 맞춰 몸을 던지는 흥이 좋은걸.

흐르는 땀, 벌게진 얼굴
그래도 좋다 뛰고 또 뛰어 보세나.

내일은 또 다시 호미를 들고
허리 굽어져라 한 해 농사일 할터.

아!
하늘이여
어이 하란 말입니까

제 7 부

지나간 시간의 연민

빗방울 후드둑 떨어지다 그치고
바람만 세차게 불어대는 밤
기운 빠진 하루해가 지고
밤바람은 유난히 마음을 차게 한다.

깜빡 잠들다 깨어 뜨락에 나서니
세차던 바람이 그사이 잠을 잔다.
산골의 적막이 몰려드는 순간에
코 끝을 스치는 자연의 향기

명치끝을 죄여 오던 아픔들이
뇌리 속에 더 깊게 파고든다
삶의 자리 고달픈 하루하루가
순간의 존재를 버리게 하고

긴 낮
짧은 여름밤 그 모두가
십 년인 듯 백 년인 듯
그냥 지나온 세월
되돌아 거꾸로 걷고 싶다.

무에 그리 힘드는가

게으른 주인 탓
풀만 무성한 앞마당에
들풀에 핀 꽃망울
꽃밭이 되었다.

우아하다 자랑하던
복사꽃은 시들한데
이름 모를 들꽃은
우직하게 피어있다.

외롭다 하지 말고
괄시한다 탓하지 마라
손길 없이 쓸쓸한 날
나도 너와 함께하니

바람도 산들산들
동무하자 하는구나
우리 함께 노닌다면
내 마음 네게 주마.

세상사 탓 타령에
멍든 가슴 아프지만
바람향기 함께하니
어화둥둥 무심(無心)일세.

오가피 잎

청 푸른 대밭사이로
푸른 잎들이 피었다

반가이 손길 주려 살짝 갔더니
다섯 손가락 활짝 펴고
오가피 잎이 반긴다.

순을 따고 잎을 따서
소쿠리에 담아 들고
돌아서는 마음 한 자락
아픔이 밀려온다.

봄 되면
오가피 잎 곱게 따다가
쓰다 달다 고기 구워
먹성 좋게 먹던 모습
시간 지나 오늘 보니
추억으로 남겨졌네.

세상사 어디엔들 그리움 없겠나만
한 자락 숨은듯이 비집고 나온 추억
따뜻한 햇살따라 뜨락에 쪼그린다.

염치없이 뺨을 적신눈물 한 방울
남 볼세라 소맷자락에
얼굴을 묻었다.

비와 나

세찬 바람 속에 비가 내린다
마음은 왜 이리 스산한 것일까

추적거리는 빗소리는
마음을 찢어놓고
텅 빈 허전함에 몸서리치고 있다

잡히지 않는 허상을 향해
두 팔을 휘저어 본다

세찬 바람이 걷어찬 듯
밖은 어수선하고
백구는 짖어대고

웅덩이 비가 고이고
소리 없이 땅밑으로 스며들듯
조용히 잦아들고 싶은 마음.

인연의 무딘 고리를 끊어 버리고
진정한 자아를 찾을 수 있는
그곳을 향해

내리는 저 비와 함께
나도 조용히 흘러가고 싶다 .

삶은 자연의 한 조각이더라
- 고 노무현 대통령 서거 후

간 밤에 추적추적 비가 내리고
아침에 바람 끝에 묻어온 소식
그래서 비 온 뒤
하늘도 찌푸렸나 보다

하나하나 쌓아 올린 사람 사는 세월은
한 순간에 우르르 무너져 버린 듯
지켜온 자존심 오간데 없고
타는 가슴 어느새 까만 재가 되었네

침묵으로 끓인 가슴
미어질 듯 아파오고
바라보는 시선들은 마주 볼 수 없음에

아!
하늘이여
어이 하란 말입니까

부엉이가 울더냐
바위에 올라
대 자연이 품어주는 그 가슴을 향해

미련도 없노라
몸을 날리니
하늘이 울었다
모두 울었다.

상사초

긴 긴 하루
해지고 달뜨듯

세월 속 너와 내가
헤어지고 만나고

정신 줄 놓은 듯이
헤매던 곳 어디길래

이제야 너 돌아오니
내 마음이 여기 없는 것을….

하늘에 별들이
수 만개면 무엇 하리

제 각각 홀로 서서
존재만 알리는데

너와 나
오늘밤 저 별들과 같구나

애달프다 하지 말자
태양처럼 뜨거웠던 날이

우리에게도 분명 있었던 것을….

친정 장 조카 장가가는 날
- 혼주가 되어

하나로 살았던 시간을 뒤로하고
둘이서 시작하는 오늘
진정 끝이 보이지 않는
삶이란 파도를 타게 되었구나

잔잔한 사랑으로 품어 주는 날,
잔물결 넘실대는 그런 날,
때로는 폭풍과 같은 힘난한 날,
내일을 모르는 인생을 펼침에
두려움과 함께 기쁨도 함께 할 것이리라.

세상사 보이지 않는 끈으로 얽매여 산다지만
매듭을 만들기보다는 풀어가는 사람이 되어라.
힘들게 아파하며 묶은 매듭을 풀 때는
손끝도 갈라지고 더 큰 아픔도 느끼리라

때로는 화가 나는 일 있더라도
때문이라는 생각은 하지 말자
모든 것은 바로 자신에게 이유가 있는 것이란다

거대한 바다의 파도가 잔잔하기만을 기다리지 말고
열심히 함께 노를 젓는 두 사람이 되고
그래서 두 사람의 결혼이 축하하는 마음속에
지워지지 않는 영원으로 남길 바란다

나의 소중한 조카 석헌의 결혼을 축하하며

비와 나

하늘은 보이지 않는다
희뿌연 물안개 속
느끼는 찰나에
세상은 온통 젖어버렸다

바람이 스친 가슴
메꾸어 준 것은
세상을 적시는 비였던 것을

고인 물 웅덩이
넘치듯 흘러 스며든 대지(大地)
젖은 사랑도 함께 스며든다

머뭇거림도 없이
흘러서 멈춘 곳은 어딜까

그곳을 향해
비 따라 길 따라
조용히 나도 흘러가고 있다.

깊은 밤

소슬바람 까만 밤은
마음 따라 헤매는데
적막은 친구 하자고
똑딱이는 시계 곁에 머물고
상념 속 어둠을 찾는 외로운 가슴은
사위에 젖은 소리 외면해 버린다.

가로등 흐린 불빛에
모여든 불나방이
대 밭소리 속삭임에
놀라 후드득 거린다.

어디서 머무는지
오지 않는 잠을 기다리며
짙은 어둠속
자연의 속삭임에 시선을 놓아두고
깊어가는 밤 함께 흔들리며
새벽을 기다리는 외로움.

아픈 사랑

가슴을 아리는 쓰라림이 싫어
인연을 접으려 했던 마음에
아픔은 더 크게 남습니다.

멈추지 않는 눈물도
이젠 통곡으로 남습니다.

미움으로 버릴 수 있으리라 생각은
더욱더 깊은 연민의 정으로
가까이 다가서는 것은 무슨 모순입니까.

사랑했습니다.
그 사랑이 어느새 증오로 변할 때
끝이란 표현으로 위로하지만
그건 애증으로 인한 연민의 끝이 아닌
또 다른 시작이었습니다.

사랑은
시작도 끝도 고통이었음을
홀로 이 애달픈 흐느낌의 이 여린 마음을

임이여!
진정 모르시나이까.

저기 보이지 않는 곳의 망각의 골을 향해
첫 발자국을 옮기려 합니다.
그 길이 혹여 애愛를 녹이는
뜨거운 불 속이라 하여도.

오늘은
사랑으로
모습 간절하리라.

제 8 부

인연

바람 불어 스산함이 마음마저 바람인가
아스라이 시선 끝으로 머무르는 그리움
마음 한 자락에 묻어두고 외로움에 헤매는가

스쳐 지나간 아픔이려니
가슴 가운데 자리한 상처이었네
마음 달리 집착 속에 흩어진 심신이여

속으로 삼킨 눈물 아려오는 아픔일랑
고이 접어 묻어두고 한탄하며 자책말자
인연의 흐름이 물과 같다 하였거늘
묶을 듯 묶는다고 하나 될까 하였든가

흘러서 멈춘 그곳 인연의 바다
거센 파도 속에 눈물지며 돌아본다
내 안에 흐르는 바다가 되어서도
포용하지 못한 용서는 거품 같은 존재여라

돌고 돌아 윤회하며 다시 올까 하지마라
떠난 인연 바람 속에 향기처럼 묻어옴에
오늘도 내일도 미련같이 살고 지고.

삶의 향기

열어놓은 빗창으로
찾아온 새벽바람
오소소 한기에 눈을 뜨고
살그머니 뜨락에 내려서니
푸드덕 놀란 산새들 떼 지어 날아간다

넋 놓은 나를 반기며
자유로움 가득한 날갯짓
다시 후루룩 날아와 여기저기 쪼아댄다.

계절을 넘어선 듯
살랑이는 바람 스치며 지나간 자리
외로움이 서 있고

두 팔깍지로 몸을 싸안으니
민소매 살갗에서 느껴지는 따스함
이 평화로운 자연 속에
나도 자연이 되어 서 있다.

늦은 새벽닭 울음에
싱긋 미소 지어보며
꿈에서 깬 듯
향기로운 차 한잔으로 마음을 덥혀본다.

잠 덜 깬 자연의 향기가
찻잔을 기웃댄다.

하늘에 띄운 편지

청산은 하늘을 이고
구름은 비를 품었으니
한바탕 쏟아진 폭우
이제 바람은 살랑살랑
대지 위
청푸름 사이로 노닐고 있다.

풀벌레 더욱 목청을 돋우고
고개 숙였던 들꽃은
가녀린 몸을 뽐내며
더욱 예쁘게 피었다.

텃밭의 고추랑 토마토
새파랗게 빛을 품고
대추의 작은 열매는
물기 머금고
조랑조랑 흔들거리고 있다.

볼 수 있음에
감사하고 사랑하며
자연과 호흡하는 삶의 기쁨

얼마나 아름다운가
그리운 그대의 가슴에도
심어주고 싶다.

사람아!
작은 것에서 큰 의미를 찾고
순리를 역행하지 않으며 살아가는 것
삶이란 그런 것임을.

슬픔도 기쁨으로 승화시키며
대자연이 우리에게 남긴 것을
하나하나 깨달으며
우리 두 손 잡고
마주 보며 살지 않으려오?

그리웠기에
마주 보는 두 눈 속에
이슬이 고여서
흘러도 흘러도 좋으련만…
그대가 많이 그립습니다.

상사석

해풍 가슴으로 안으며
멀리 바라보는 시선 끝에
붉은 해는 뜬다

바다를 물들이는 정열의 혼은
바람 따라 살며시
그리움으로 다가오고.

몸으로 느껴지는 따스한 훈풍도
오랜 시간 마음으로 담아 온
사랑이었던가.

세월의 무정에 울다 지친 바위 하나
뒤돌아 볼 수 없는 상사석이 되고
스치는 바람에 눈물을 씻기운다

침묵의 기다림도 희미한 그림자로 남고
토하듯 긴 한숨은 폭풍을 몰아온다.

마음 숨겨 모질게 지켜 온
한 모퉁이 묵은 사연 수천 년 깍이여
오늘은 사랑으로 모습 간절하리라.

가을의 길목에 서서

억새풀 어깨 춤추고
잎새 어느새 붉어지는데
마음은 왜 시선 끝에 머물까.

청산은 말없이 오늘을 지키고
구름은 하늘을 기대어 고요를 즐긴다.

뉘 소리 더 클까 여름내 내기하던
참매미 간데없고
적막을 즐기는 귓가에
이름 모를 새들의 지저귐
너로 하여 내가 평화로웁다.

슬쩍 건들며 지나치던 바람
다시 내 곁에 오더니
깊어가는 가을을 가슴에 심어 주는데

바람아!
그리움 하나 함께 가져오지 그랬니?

갈사만의 오후

잔잔한 물결 위에
평화가 보이고
주어진 자유를
마음껏 심호흡 해 본다.

무심히 내려다본 물결은
거꾸로 거슬러 흘러가고
함께 떠 내려가는 무아 속에서
꿈을 깨기 위해 너를 낚는다.

속이고 속는 세상 속에서
모든 이치는 같았음을
작은 미끼에 속아버린
너에게서 나를 보았다.

하늘은
침묵으로 내려다보며
모두를 포용하는듯 하더니
서서히 분노의 뜨거운 불꽃을
서산으로 뿜어 내었다.

외로운 길

마음은 어디에 버려두고 왔는지
늘어진 세포마다 그늘이 어두운데

세월 따라 무디어진 사랑을 앞에 두고
바라보는 눈동자가 가련하기 그지없다

눈시울 적셔지는 미련을 뒤로하고
부대끼는 마음 따라 정처 없는 길을 간다

바람이 가는 길을 따라 걷는 발걸음이
오늘은 왜 이리 무겁기만 할까

차라리 눈을 감고 잊으면 좋으련만
눈뜨고 함께 하는 세월만 야속하다

손 끝에 한을 심고 손 끝에 한을 풀어
꽃은 피면 지듯이 나도 피었다가 지노라.

별밤 이야기

너를 보고 있다
마음 가득 서러움 머금어
그리움은 가시가 되어 찌르고

실망을 앞세운 갈망으로
이 계절의 끝에 서서
침묵하는 너를 오늘도 보고파한다.

싸늘한 어둠이 시야를 덮어도
동공에 머문 야릇함은
반짝 눈가에 이슬을 만든다.

긴 세월
가슴으로 담고
해바라기 하던 수많은 이야기

긴 겨울밤 뜨락에 앉아
하늘을 보고 속삭인다.

명치끝을 파고드는 아픔
모른 체 하지 못하고
너를 그리워 하듯
나를 그리워 해라.

영과육의 또 다른 시공을 초월하듯
너와 나 웃으며 눈물지며 마주 보며
이 밤 지새워 보자….

가슴에 묻은 아픔
- 52년의 생을 마감한 동생 현주에게

긴 시간의 방황이었나
아직 끝내지 않아도 되는데

소용돌이치는 삶의 갈등을
이제 접었단 말인가

웃음 그 속에 숨겼던 비애
눈물 그 속에 숨겼던 환희
하나로 묶어 가슴에 심었는가

따뜻한 체온은 손끝에 느껴지는데
팔딱거리던 너의 심장은
아직도 말하려 하는데
표정 없는 얼굴로 잠만 자느냐

고달팠던 반백의 삶을
살펴주지 못한 무정으로 남아
뜨거운 눈물은 뺨을 적신다.

정녕 돌아오지 못할 강을 건너
홀로 가슴 져미며 울고 있는지
그 무서운 외로움을 어찌하려고

보내는 마음
아픔은 명치끝을 찌르는데
준비조차 하지 못한
영육의 갈림길
눈물로 너를 보내고 있다.

이제는 미련도 애증도 다 버리고
인연의 고리도 풀어버리고

이승에서 못다 한 너의 꿈은
고운 빛 하늘에서 풀며 살거라

언젠가 우리가 다시 만날 때
아팠던 오늘의 이 가슴을
서로 쓰다듬어 주자.

*웃으면 선하고 애기 같았던 환한 얼굴이 아직도 눈앞에 있는데….

뜨락에 서서

산골의 어두움은 침묵으로 호흡하고
머문 둥근달 숨소리도 조심스럽다

대밭 앞 수은등 빛은 뜨락을 비추는데
내리다 만 하얀 눈이 곱게도 앉아 있다.

쌩 하고 지나는 바람 고요함을 시샘하고
사스락 거리는 소리 댓잎이 떨어진다.

적막에 길 들고 시선 머문 곳
빛 곱다 도도하게 뽐내던 모습들
꽃대로 헐벗고 추위에 떨고 있다

잡지 못할 시간 걷다가 보면
꽃물 들어 곱게도 웃어 주겠지

자연이 손 잡은 대로 머문
이 삶을 외롭다 하지 말자
고요도 벗이오 저 달도 벗이려니

지나간 세월은 다시 오지 않아도
윤회 속 삶의 자리는 돌아 돌아 또 그 자리인걸

산골의 작은 쉼터 밤이 깊더니
살며시 고요를 내려놓고
동살이 말벗해 줄듯
내 곁으로 오고 있다.

그래! 그래!
잊은 것이 아니었고
아직도 그리움이었구나

제 9 부

다솔사

솔향기 그윽한 산사의 외 길에서
곧게 뻗은 소나무 사이로
맑은 하늘이 유난히 높아 보인다.

속세의 온갖 번뇌 부처님께 의지하고
백팔 염주 한 알 한 알 손 끝으로 헤아릴 때
인간사 온갖 시름 함께 헤어 넘어간다.

산사의 조용한 새벽 풍경 소리 그윽하고
이슬 머금은 풀잎에도 함께 젖는 이 엄숙함
때 묻은 인간사가 한순간에 씻기운다.

솔 향 그윽하여 다솔사라 하였든가
부처님 전 엎디어 만사형통 소원하고

조용한 산사의 새벽 아침
은은한 염불소리와 함께 젖어드는 맑은 마음

세상사 운영함이 또한 내 몫이라 생각하고
산사의 조용함을 마음에 담아
고요한 발걸음 속세로 돌아온다.

함께 우는 비

온 밤을 하늘은 통곡하더니
못다 흘린 눈물이 남았나
아직도 추적추적 비가 내린다.

회색빛 시야는 침울하고
시선 끝 머문 마음 아려만 오네
적막 속 고요가 외로움을 더하고
텅 빈 마음은 생각도 버려둔다.

인연의 기쁨도 있었을 터인데
한 곳을 바라 보지 못 한 아쉬움
삶 속의 장난인가…

체 한 듯 엉킨 조각 가슴에 숨긴 채
실웃음 띄워 보는 어설픈 연극은
삶의 한 조각 또 켜켜이 재워 둔다.

바람을 스쳐서 내리는 빗소리가
유난히 무겁게 마음을 때리고
넋 잃은 자아를 찾아
비속에 나를 내어 놓는다.

발등 위에 떨어지는 것은
비가 아닌 눈물이었다.

춘심(春心)

이제 떠나야 하는데
무엇이 그리 아쉬움일까

봄은 이미 자리하여
새색시 수줍음으로 미소 짓는데
뒤돌아보지 않아도 좋으련만
머뭇거리며 바람은 한기를 뿌린다

들판엔 참꽃이 살짝 고개를 내 밀고
겨우내 웅크렸던 푸르름은
조심스레 땅 위로 손을 내민다

미련 남은 앙탈처럼
며칠째 바람은 드세고
드센 바람 앞에
댓잎은 몸살을 앓는다

잠시 잠깐 한낮의 햇살이 그리워
마당에 나섰더니
그래도 겨울은 저만치 물렀구나

봄이 눈앞에서 춤을 춘다
꽃망울이 활짝 터져 예쁜 꽃을 피울때
설레는 가슴을 열고
소리 내어 호탕하게 웃어 보리라

삶의 기쁨이 너였었다고.

갈등

소금에 절인 듯이
절어 버린 마음 앞에
아픔의 그늘을 이고
커피 한잔을 마십니다

파릇파릇
모습을 드러내는 봄을 보며
무념의 시선을 멀리 두고
무아를 즐깁니다

문득 작은 노랑나비
눈앞에서 날갯짓하고
꽃대뿐인 밭을 헤매어 힘이 겨운 듯
작은 돌멩이 위에 내려앉습니다.

"조금만 참아라"
이제 곧 예쁜 꽃들로 너를 쉴 수 있게 하리라
아는지 모르는지 두어 바퀴 돌아 주더니
눈앞에서 사라집니다

삶의 무게가 무거웠던가
조금만 더 쉬었다 가지
공허한 시선을 들어
사라진 그곳에 아쉬움을 심고

무심하게도
또 다른 무아 속으로 헤엄칩니다.

빈 마음

햇살 뜨락 가득히
꼬물대며 노는 강아지
생각 없는 시선으로 바라만 보고

5월의 장미가 무색타
이제 서너 송이 자그마하게 피고

연못가 작약은 흐드러졌네
물소리 장단 맞춰 하늘거리며 춤추고
누런 떡잎 나풀대는 댓잎은
스치는 바람에 사스락 울음을 삼키네.

적막에 외로운 흔들림은
지나간 인연에 그리움을 더한 탓이고
채워지면 비워버리는
마음의 공부는 죽어야 끝이 날 테니

급할게 무어냐
형상도 생각도 없는 그곳을 향해
오늘도 한걸음 내 디뎌 보는 것을.

방황

어디서 오는 걸까
살그머니 찾아드는 시원한 바람
한낮의 뜨거웠던 더위도 무색하다

이웃의 부산함에 시선이 머물고
세속의 이기심에 찢긴 가슴 탓일까
산사에 묻히고픈 어긋난 사념들

갑자기 흐려지는 하늘
쏟아지려는 빗줄기를 잡으려
마음은 저만큼 달음질친다

체한 듯 막혀버린 답답함은 풀길이 없고
씨줄날줄 모양도 없이 엉키어 버린
작은 실타래가 되어
내동댕이 쳐 진채로 들판에 버려진 흔적.

하늘은 더욱 검어진다
얼마나 더 미친 듯 헤매고 돌아올려는지
그래도 지푸라기라도 잡으라 하며
나는 여기서 힘없는 손을 내밀고 있다.

소나기

고요로 덮은 적막
슬픈 바람이 머물고
서러움에 울 듯 말 듯
드디어 터진 울음보
대성통곡을 한다

속이 후련할까
추슬러 보려는 듯
조금씩 잦아들더니
소리 없는 흐느낌만
또다시 고요 속에 휩싸인다

몸부림치던 바람
심술 난 속내를 들키지 않으려고
슬쩍 앞을 지나가는데

온밤을 흐느끼다 통곡하는
이 짓을 얼마나 하려고…

애처러움에 모르는 척
눈을 감고 누워버렸다.

언젠가는 멈추겠지…

그리움

수많은 시간이 흐르고
그 시간 따라 희석된 마음
그곳에 자리한 그림자 하나

문득 꺼내어보니
무디어진 마음만 자리하고
확실치 않는 아쉬움으로
가슴만 아린다

언제였던가
너로 하여 눈물짓고
너로 하여 아파했음이

이제 아득한 세월 속
이야기로 남았는데
차창 밖 을씨년스러운 겨울 풍경보다
더 찬바람이 분다.

사랑하였음에 행복하였다고
영원하리라 믿었던 얄팍함에
쓴웃음을 짓는다.

뻥 뚫리지 않는
답답함이 조금은 있는 것 같아
너를 완전히 잊지 않았음이라.

이제 한걸음 한걸음
너를 향해 걸어간다.
언제일지 몰라도
먼저 간
너의 발자국 찾아보며
내 너를 찾아가거든
소리 없는 웃음이라도 보여줄 수 있을는지

그래! 그래!
잊은 것이 아니었고
아직도 그리움이었구나.

텅 빈 일상

텅 빈 집안에 적막이 찾아들고
시간을 깨우는 것은
간간히 짖어대는 개들의 짖는 소리
난로 속에 장작만 퍼 넣는다.

후끈거리는 열기는
열이 오른 듯 얼굴을 달구고
따뜻함에 꾸벅 졸다가 놀랜다.

방안을 서성이다가 거울 속 나를 본다
심장이 뛰고 있다.
노란 주전자에 구기자가 숨을 토한다.
유리잔에 가득 채우고 외로움도 함께 마신다.

저물고 더 무겁게 찾아드는 적막감
뜨거운 샤워기에 몸뚱이를 적시고
젖은 머리 말리고 보니
난로 속 열기도 식어가는데
또 열심히 장작을 넣는다.

넌 누구니?

오늘 넌 뭘 하고 있었니?

거울 속 나의 심장은 뛰고 있었다.

홀로 가는 길을 실감하며
진정한 외로움에
꿀꺽 침을 삼킨다

제 10 부

새벽의 꿈

새벽을 안고
잠에서 깨어 뒤척이다
살며시 창밖을 본다.

차가운 공기가 따뜻함을 찾게 하고
이른 새벽이 외로움이라 해도
품에 안은 이 적막이 살갑기만 하다.

바람도 잠든 고요가 밤을 지키고
뜨락에 달빛도 쉬고 있는데
마음의 설렘은 낯선 인연의 숨소리 때문일까…

삶의 또 다른 길목에서
생의 무게를 함께 하는 사랑.

갑자기 쉬던 달빛이 가늘게 떨고 있다.

인생

밤새 고라니 악악대며 울더니만
어딘가 숨어 눈동자만 굴리고

시간이 깊어갈수록
을씨년스런 바람만 지나가는데
그 뒤를 따라가는 것도 바람이었을까…

어느새 대숲사이 삐죽 내민 햇살 보며
마음 한 자락 풀어헤친다.

아름다운 인생을 논하며
정겨운 눈짓에 설레던 가슴

세월 따라 무디어 감동도 없고
삶의 무게 등에 지고
굽어가는 육신은 눈물만 흘린다.

슬픔을 녹여서 쥐어짜버린 마음은
불면 날아가 버릴 빈 껍질로 서 있고.

들여 마신 숨은 다시 나오기가 싫은지
허우적거리며 제자리 돌고 돈다.

어제와 오늘은 삶이었을까
그리고
내일은 미련이라 말해볼까.

여유를 찾아서

무엇이 마음을
이토록 메마르게 했을까
바쁜 일상을
조금은 뒤로하면 될 터인데
힘겨워했던
뜨거운 여름 지나고
어느새 가을이 내 곁에 앉아있다

들녘에 살살이꽃
바람 앞에서 재롱을 펴고
날 보러 오라 춤 또한 어여쁘고
가을 잠자리
때 만난 듯 바람피우느라 분주하다

청산은 서서히
옷 갈아입을 준비하고
그 모습 사계절 볼 수 있음이 얼마나 행복한가
작은 숨결은 대자연 앞에서
크게 호흡하려한다.

밤을 새우고 나가본 뜨락에서
촉촉이 젖은 대지를 본다
푸성귀 물 만난 듯 쑥쑥 자라고
메뚜기 배불리 이리저리 뛰고 있다

누렇게 시들어가는
호박잎 안간힘 쓰고
매달린 애호박은
서리 맞을까 숨어든다
바람이 스쳐가다 내 팔에 기댄다

서늘한 기운을 남기려 함일까…
어깨를 짓누르는 책임의 무게가
조금은 가볍게 느껴지면
이 가을 떠나기 전에
또 다른 풍광을 찾아 떠나고 싶다.

무상

한낮의 뙤약볕이 눈이 부시었다.
저리도 높은 하늘 심술만 부리다가
사르르 찬바람 잠시 가을을 알린다.

얼금 설금 늘어트린 대나무 발사이로
보이는 마당에는 새들이 날아들고
서서히 넘어가는 해는
산골을 무겁게 적막으로 덮어간다.

살아온 어제도 오늘의 이 하루도
윤회의 수레바퀴 돌리며 살았음에
문득 감은 눈이 무에 그리 서러울까…

마음 둘 곳이 없어 떠난 그리움만 안고
달려드는 갈바람에 두 팔 벌려 안아 본다
헛헛한 이 허전함은 왜 이리 머무는지
차라리 가지 말라 붙들고 내가 먼저 갈 것을.

곱게 물들 가을도 떠나고 나면
살 에는 북풍한설 다시 또 올 것인데
두려워 이젠 두려워
세월 속에 쉼 해 봄도 괜찮을 텐데…

오늘도
알갱이 없는 빈 가슴에 그리움만 채울까.

빈자리

밤새워 뒤척이다 깨어난 새벽
무거운 적막이 짓누르듯 나를 지켜본다

삐죽이 열린 장지문 사이로
어둠과 밝음이 적당히 뒤섞인 채
왜 벌써 눈을 뜨냐고 되묻는다.

벌컥벌컥 문을 밀치고 마당에 내려선다
이슬 먹은 배추모종이 나보다 더 힘차다

바쁘다 못해 지칠 만큼
보내는 일상 앞에
왜 이리 허망함만 온몸을 휘감을까

구석구석 제자리를 찾아 떠나고 돌아오고
억 겁 윤회 속에 한점 바람으로 살다 가는 것을…

댓잎 스치는 소리가 마음을 간지른다.
두 발 억세게 디디고 선 이 자리 떠나지 못하고

멍 하니 초점 없는 시선으로 바라보는
그 끝은 어디쯤 일까.

시간은 멈추지 않는다

돌아본다
아무것도 없는데
아쉬움은 왜일까

싸늘한 바람은
비웃듯 휑하니 지나간다

오싹 밀려드는 한기에
마음부터 웅크려 들고

힘없이 쓸려 나뒹구는
상처 난 이파리들이 처량하기만하다

천천히 고개를 돌린다
앞을 바라본다

의미 없는 공허만
시선아래 가득하고
어제와 오늘의 무상함만
가슴에 남아서 심장을 짓누른다

이 어둠이 길어서는 안 되리라
잠깐 졸다가 눈을 뜨듯
찰나 같은 흑백을 기도하리라

어디선가 숨은 듯 다가오는 작은 빛
그 작음 속에 거대한
진실의 빛을 기다려 본다.

73세 어느 노인

먼저 간 할망구가 불쌍타고 노래하며
젊은 년 곁눈질에 하루해를 보내고
방구석 신던 양말 썩는 줄도 모르고
며느리는 제 새끼만 껴안고 뒹군다

굽은 등 더 굽어서 초라하기 그지없고
떨어진 운동화에 주름 없는 해진 바지
막걸리 소주잔에 처량함만 가득 부어
마시고 또마시고 주태백이 되었다

할망구 살았을 적 단내나던 그 모습이
그립고 그리워서 훌쩍이던 어느 노인
자식이 무섭다고 소리 없이 들어가서
밥 굶고 잠잔다는 73세 어느 노인

술냄새 쉰 냄새 틀니냄새 범벅되어
한이 서린 말 한마디 던지고 걸어가네

"살았을 때 잘 해줄걸 미안타 마누라야…"

홀로 가는 길
- 홀로 맞이한 칠순에

가고 있다 세월 따라
어제도 오늘도 한결같이
마음은 늘 그 자리인데
흔들림은 매번 다르다

혼자 이 세상에 와서
홀로 가는 것이라 하지만
이룬 것이 무엇일까

겨우내 달린 열매
새들이 날아와 열심히 쪼아대더니
어느새 가지에는 노란 꽃이 피어나서
산수유, 창밖에서 자태를 뽐내고 있다.

햇살 가득 행복이라 바라보던 마음도
쓸쓸함으로 가득하다
칠순 아침
나는 홀로 가는 길을 실감하며
진정한 외로움에
꿀꺽 침을 삼킨다.

미련

머무를 수 있는
보석이 아닐진대
마음은
떠도는 부초처럼 여리고
아늑히 들려오는 너의 마음이
짙게 내 품에 와닿는다

순간의 모음이 영원이라지만
어제 흘린 눈물이
얼룩져 맺힌 마음에
열 같은
심장의 고동이 멎지 않을 바에는
차라리 창을 열고
불을 밝혀도 좋으련만…

흔드는 손에
떠나는 배는 부적을 울리고
시야가 흐려지는
좋은 추억이어라.

보이지 않는 길

펼쳐진 길
그 위로 걸어간다.
따뜻한 체온을 느끼며
나란히 손을 잡고 걸어간다

바람이 분다
길 위를 구르며 바람이 분다
잡은 두 손을 놓는다
싸늘하다
차가워진 것은 바람 탓인가 보다.

2005년도부터 2010년도까지 쓴 글들이었다.

하나하나 자리에 앉히고 보니 참 부끄럽기도 하여, 제 글을 평해 주십사 하고 내밀 수도 없었다. 그러나 살아온 그날 그날을 숨기지 않고 썼던 넋두리 같은 글들이 있었기에 늦게나마 펼쳐보고 지난날을 생각하며 마음속으로 다시 여행을 하는 것이 아닌가 싶기도 하다.

새삼 정리하는 시간이 되는 듯하여 잘한 것 같지만 지난 20년의 세월 속에는 많은 일들이 있었다. 시로 풀어놓은 세월과 이어서 수필도 시조도 나의 걸음에 맞추어 책으로 엮을 작업을 해 볼까 한다. 한 사람이 걸어온 흔적들이 이처럼 무거울까 싶어 경이롭기도 하다.

그리움, 슬픔, 그리고 아픔들도 이제는 그만해도 되겠지…

이 글을 읽는 독자님들께 감사하다는 인사를 드린다.
모두 행복하길…
그리고 아울러 건강을 기원한다.

2024년 1월 31일
하동 횡천 사무실에서 서향

그대 잠든 창밖에 바람이 되어

지은이 | 고현숙
펴낸이 | 고현숙
펴낸곳 | 문학 **춘하추동**
초판 인쇄 | 2024년 2월 13일
초판 발행 | 2024년 2월 17일
등 록 | 2023년 7월 19일, 제 2023-000001호
주 소 | 52319 경상남도 하동군 횡천면 경서대로 1140(2층)
전 화 | 055-884-5407, 010-3013-2223
e-mail | munhakcnsgce@hanmail.net
ISBN 979-11-985568-8-2
ⓒ 2024, 고현숙